芦庵集

刘昶 著

中国广播影视出版社

目录

故宫

读《芦庵集》

杨维公

　　刘昶兄将要出版他的旧体诗集《芦庵集》，日前将样稿给我，嘱我作序。我想，我虽在工作上对中国古典文学略有研究，但学术兴趣多在杂剧、小说等故事性较强的通俗文学上，而比起"作"又更关注"读"，拙劣的文字亦实在不敢称为"序"，所以姑且名此文为《读〈芦庵集〉》，以为读后感之意，略叙读过刘昶兄诗作后的一二感想。

一

　　首先说明一下我和作者的关系。我们是北京景山学校从小学、初中再到高中一共十二年的同学，其中同班的时间有高中三年，但从小学开始就互相认识，来往也不少。至于和刘昶兄初次见面的时间和地点，我们各自的印象都已不很确切了，也不知怎么就熟络了起来。高中毕业后，刘昶兄去了美国，我留在国内，后来又到日本留学，这期间联络也一直未曾中断，甚至较以前更为密切了。算起来，前前后后我们相识的时间竟已有二十五年之久。十年也好，二十年也罢，时间达到了一定长度以后，人似乎就无法判断这段时间究竟是长是短了，而日语里为了表达二十五年的时间之久，有"四半世纪（しはんせいき）"一词，意为四分之一个世纪，以"世纪"为单位进行计算，足以突出二十五年的时间之长。这样看来，我们或许当真称得上"老友"了，而我也恐怕是刘昶兄的友人之中与他结识时间最久的，对他的每首诗作的背景也多有了解，所以大概可以写出一篇粗通他诗作大意的读后感，不致引发误会而贻笑大方。

二

《芦庵集》最大的特色当为既不编年，亦不按内容分类。实话说，作为一个读者，在刘昶兄将样稿传给我后，我首先想到的并不是通读全文，而是试图去寻找其中是否包含我对创作背景较为熟悉的诗作，特别是我负笈东瀛之后与刘昶兄在日本一同游历各地时的作品。如果诗集采用的是编年形式，则可以时间为线索翻查；如果采用的是按题材分类的形式，从《文选》的分类来看，这类诗作当被编入"行旅"类。但当我打开文档后发现，刘昶兄故意没有采取这类从某种意义上讲可以称作"方便读者"的编排方式，而是单纯按诗歌形式是五言或是七言来进行排列。这样的排列方法使读者只好先通读全文，而后才能发现自己关注的诗作。

这种编排方式看似对读者略少关怀，但我想这实际上是作者对读者寄予了能真正读懂他诗作的期望。因为编年也好，分类也好，事实上都是印刷术发展起来以后，在商业出版的大背景下，出版商为迎合读者快速查阅的需求而发明的办法（当然作者本人可能亦有此种需求）。旧体诗集在当代背景下显然难有商业企图，自然不需要这类方便翻查的办法。而事实上，以形式进行排列的方法亦非常古典且通用，既可避免编年可能导致与时代背景相结合的过分解读，亦可使读者更为全面地理解其诗作风格，对作者自编诗集尤其适用。拙文也循此例，不设小标题，仅简单分为四个部分来展开叙述。

三

我对刘昶兄的诗作，最为了解的当属其中的纪行之作，而纪行之作当中，又以在日本创作的作品最为熟悉，因为刘昶兄赴日时大多有我同行。读这些诗作，其写景之真实、抒情之真切，令我也不禁回忆起留日十年的点滴，颇为怀念。现略引数首回味一二。

田家夜宿

迎门种杨柳，待客有鱼虾。
临晓分别处，清溪落杏花。

此诗题下兄自注曰："甲午年于伊豆。"此番乃刘昶兄二〇一四年初次赴日，而我亦至日本留学不久。当时二人都是学生，正意气风发、游兴颇高。记得那次旅游是阳春三月，我在关西机场接到刘昶兄后，两人先是遍游了大阪、京都、奈良、滋贺等关西的名胜古迹，又沿着东海道一路游至关东，欣赏了骏河湾、镰仓等地的美景，前后历时十余天。

伊豆，位于日本静冈。当天我们自东海道新干线的三岛站转乘伊豆箱根铁道骏豆线，至伊豆长冈下车，便有旅馆的工作人员驱车迎接。此地亦是川端康成名作《伊豆的舞女》的舞台，时值春暖花开之际，景致甚佳，着实是令文人笔兴大发之地。一进门的庭院中沿着池塘种着几株柳树，摇曳生姿，晚饭大抵是鱼虾之类的当地土产。第二天一早，在城中闲步，所见的正有杏花飘落、清溪潺潺。读起这首轻快的小诗，八年前的经历跃然纸上，近在眼前。

山行

断续钟声尽，萧条石径寒。
逢人问古寺，还在白云端。

此诗题下兄自注曰："游山形立石寺作。"时为二〇一六年十二月末，位于日本东北的山形县与宫城县交界之处的立石寺大雪纷飞、寒冷异常。此次出游，我与刘昶兄相约于仙台碰面，而立石寺则并未约定一同前往，两人却不约而同地先后造访了这座天台宗寺院。

正如诗题"山行"所云，寺坐落在险峻的山上，最近的车站亦名为"山寺"。从车站踏雪前行，雪国的寒冷正通过第二句句末的一个"寒"字表达出来。而好不容易到达古寺山门时，却被告知进入山门后还需攀登数十分钟的崎岖山路才可到达本堂，此时的心境则通过末句句首的一个"还"字透彻地展现出来。在冬季攀登，还有积雪、薄冰的重重阻碍，故而游客萧条，正不足为奇。我自去时，山中因少行人，竟成秘境。只有脚步踏过积雪薄冰的沙沙声和风吹过枯枝败叶的瑟瑟声两相呼应。行走之中，便觉与万物冥合，想入幽玄。作者所感，应有相通。

游高野山

古寺依幽径，残碑立晚曛。
轻烟时断续，澹雾自氤氲。
同此归黄土，何如卧白云。
徘徊无所适，落叶复纷纷。

高野山，位于日本和歌山县。山中的金刚峰寺乃真言宗总本山，由弘法大师空海创建。刘昶兄此次到访高野山当为二〇一九年，不过这次并非他初游高野山。他初次来到高野山当为二〇一四年春天与我同往，此次我亦曾受邀，但未能同去。听闻刘昶兄此番在高野山的僧坊借宿了一晚，当有不同于一般游客的体验，才能写出首联"晚曛"之语，此种在僧坊借宿的体验实属难得。高野山闻名日本，原因之一是历史上的诸多名人为得到空海大师护佑，往往在山上立有假家，特别是战国时代之武家，如织田信长、明智光秀、丰臣秀吉等，不一而足。其人生前彼此攻伐，死后同葬一山，作者想必因有此叹。

日本纪游四首

游客来时但煮茶，禅房不闭夕阳斜。
闲庭寂寂春风晚，墙外先开一树花。

簇带纷纷车马喧，灯花十里入僧垣。
金吾严肃千家静，不料夷洲有上元。

蓬岛梅花得气先，春风才过便清妍。
西头怅望故园路，总是浮云不见天。

蓬莱一转到瀛洲，高卧三山未解忧。
闻道端门虚送炬，愁看白鹭与沙鸥。

这四首诗，兄自注云作于"庚子年春"，正是我与刘昶兄上一次在日本相见之时，之后疫情不期而至，我至今也未能回国，而刘昶兄也无法到访日本。其二、其三、其四均作于九州，当时刘昶兄与家人同游九州，后来家人先行踏上回国旅程，而刘昶兄只身一人至京都与我汇合。此时回国的航班大批取消，刘昶兄也在京都滞留了半月余。其一正作于我与刘昶兄同游高台寺圆德院之时。前些年曾有机会造访日本的读者想必记得京都游人如织的场景，而时逢天降疫情，游客顿时少了许多，才使我们得以体味到"闲庭寂寂"这难得一见的意趣。再到后来，刘昶兄改签到了返回上海的航班，而我与他同至大阪站，目送他踏上前往机场的列车。当时心想，疫情过不了多久就会平息，而我们还可以在近期再度游赏日本某处的佳景。没想到两年的时间转瞬即逝，疫情终究没有彻底好转，而我们也只能时常在微信上寒暄数句了。

四

除去在日本的见闻以外，刘昶兄的另一类纪行诗多创作于他留学的美国。以旧体诗描写日本的风景可以说是丝毫没有生搬硬套之感，因为日本亦有创作旧体诗的传统，而写北美的风景则未免令读者心生疑惑。但刘昶兄很好地将北美大陆的风景与旧体诗结合在了一起，读起来毫无生硬之感，反而与辛亥革命前后赴美留学的知识分子在北美所作旧体诗脉韵相承，体"旧"而内容不旧，读起来令人耳目一新。

落花二首

一过清明春欲尽，漫天雨里乱飞霞。
残红扫共污泥去，此地何人惜落花。

北风遍地落闲花，宛转胡尘事可嗟。
辜负东君当日意，只今寥落在天涯。

两首《落花》，兄自注曰："己丑年于哈特福德。"己丑年即二〇〇九年，刘昶兄至美国留学的第二年。哈特福德是康涅狄格州首府，是作者当时学校所在地，而当时正值落花时节的清明前后。第一首末句"此地何人惜落花"及第二首第二句"宛转胡尘事可嗟"，均是思乡情怀。第二首末句更反映出留学生的孤寂处境。唯哈特福德也是晚清留美幼童驻地，更是中国第一代留学生中佼佼者容闳埋骨之地。第一首中或许也隐含了对这些前辈不为当地人所知所敬的遗憾。当年我还未曾赴日，仍在国内，读到这两首小诗时还不能感同身受。直到次年初次赴日留学一年后，才深切地体会到了刘昶兄诗中"寥落在天涯"的思乡情绪。而此后十年，每逢清明、中秋等传统节日，这种情绪都会油然而生，至今无法排解。

纽约重游戏题

经纬认归路，琳琅看短裙。
当垆呼买酒，还是旧文君。

过旧居

触眼楼台曾醉遍，满街风物又成新。
欲携残酒寻归处，总是天涯失路人。

这两首小诗均是刘昶兄二〇一六年离开美国至上海后又因工作需要于二〇一七年重返美国时所作，可合并一读。旅居美国八载，虽然无时无刻不在想念故土，但毕竟亦有八年感情，所以当重返纽约时心情不无激动。从某种意义上讲，纽约对作者来说亦是一片熟悉的"故土"了，而周遭亦是熟悉的人与物。如果说初返纽约时心情如上首诗所述略显激动的话，那么当作者沉静下来之后仿佛又找回了当年旅居美国时的惆怅。"触眼楼台曾醉遍"是写作者旅美八载间借酒浇愁的忧伤情绪。美国在一年间政治上有了天翻地覆之变，故说风物之新，也许暗喻在此。而以"天涯失路人"自命，又点出他此番进退行藏之间的踟蹰。我在日本亦曾迁居数次，每次路过旧居，乡心起时，也与此诗的情绪略有相通。

杂诗用杜工部韵

长安望断动乡心，北面楼台醉又临。
万里浮云犹往日，两分残月只如今。
早梅簌簌随风散，野草纷纷向院侵。
倚遍阑干少佳思，晚凉天气自沉吟。

此诗题下兄自注曰："戊戌年初作。"戊戌年即二〇一八年。此时距刘昶兄重返纽约工作已经过去了一段时间，从"长安望断"到"万里浮云"，从"早梅簌簌"到"倚遍阑干"，诗中无处不流露出他对家乡的挂念。用杜工部韵则牵连杜甫《登楼》一篇，寄托家国之思。不过，当时的刘昶兄可能还不知道，他很快就要经由下一次工作调动而返回上海了，而此后的两年也是我们在国内和日本见面最为频繁的两年。想到这里，不禁令人对世事之难料嗟叹不已。

读后感书写至此，已远远超过了刘昶兄所嘱的字数，但实际上仍只粗浅地围绕诸多诗作中部分作于日本或北美的纪行诗谈了谈自己的感想。若论其余诸篇，佳处远承杜少陵、李义山一路法脉，语言清丽、用典精切，又不失气韵贯通。田园诗清新浑朴，略具陶潜气味。感伤言情等作则幽隽可赏。其中妙句若摘取一二，混入唐人集中亦毫不突兀。只是去取偶有不严，这些就待读者自行赏鉴了。

我想，即使以自己与刘昶兄二十五年之久的交情而论，我对他的一些诗作的理解也还不够。我相信，刘昶兄的友人当中一定有比我更能领悟这些诗的奥妙的人，而这些诗的奥妙还需要这样的人再加解读。刘昶兄的诗是需要反复回味的。于我而言，他的诗中描写的日本的纪游部分仿佛也替我记录了我留日十年在日本游历的点点滴滴。也许再过五年或者十年甚至更长时间而重新品读的话，又能唤起我脑海深处有关那一段段旅途的美好回忆吧。

2022 年 1 月 15 日

（杨维公，先后就读于北京大学外国语学院日本语言文化系、京都大学大学院文学研究科中国语言文学专业，获文学博士学位。现为日本京都大学人文科学研究所助理教授。）

故宫远眺

五言上

－芦庵集－

山中[1]

千里一壶酒，持来访故人。

荒村开绛帐，松径漉青巾。

杖履时追月，琴书不著尘。

欲招金谷友，同作葛天民。

1 辛丑年于川西大凉山，下一首同。时友人在山中小学校内授课。

留别赠友

山间何所有，四顾俱茫茫。

野树归孤鸟，群峰入夕阳。

故园同梦寐，歧路各风霜。

世事纷无已，唯当醉此觞。

闲居[1]

溪北游人少，结庐傍小村。

疏林摇树影，幽径洗苔痕。

听雨窗斜闭，吟诗酒半温。

野鸥成旧友，对语在蓬门。

---

1 庚寅年作于牛津。下一首同。

赠友人

寂寞青山外，相逢云水涯。
君来长作客，我亦久离家。
胡燕啄飞絮，清溪送落花。
华胥一梦里，醉卧暮天霞。

郊游

一放笼中鹤，出城寻翠微。

田间吹麦浪，山外照林霏。

黍酿欣初熟，鲈鱼喜正肥。

登楼且沉醉，王粲不须归。

戏题杜集

年少厌机巧，老来矜省郎。
果然访药好，何必献诗忙。
伊吕失功业，邹枚剩短章。
清秋角声起，徒且忆襄阳。

游高野山[1]

古寺依幽径，残碑立晚曛。

轻烟时断续，澹雾自氤氲。

同此归黄土，何如卧白云。

徘徊无所适，落叶复纷纷。

---

1 己亥年作，时与王越端同游。

沪上逢王越端因赠¹

烟雨满江干，秋霜两鬓残。

壮心都渐改，浊酒且相宽。

病起襟怀热，愁生枕簟寒。

匡山旧游处，为我一凭栏。

---

1 戊戌年作。时王越端复返读书，偶过沪上。

四川凉山采红村中

高野山造像

北京智化寺

五言下

－芦庵集－

山行[1]

断续钟声尽，萧条石径寒。

逢人问古寺，还在白云端。

---

1 丙申年游山形立石寺作。

田家夜宿[1]

迎门种杨柳，待客有鱼虾。

临晓分携处，清溪落杏花。

---

1 甲午年于伊豆，时与杨维公同游。

山中

荒草稀人迹，西风过雁群。

疏林斜照里，竹笛不堪闻。

春晚

细雨纱窗湿，落花衣袖香。
荼蘼开未尽，犹是好春光。

春夜

树影五更静，江声一夜幽。
黄莺能解语，不必对花愁。

长门

长门久居住，不复记晨昏。
西殿旧歌舞，低头新泪痕。

白云

白云何处去，天外雾蒙蒙。
长日终无事，且归沉醉中。

东风

东风一时起，摇荡曲江池。
蒲草年年绿，春心总不知。

旅中

涧水依垂柳，林烟入乱鸦。

桥边一夜雨，吹落海棠花。

赠人

投江羞牧老，咏絮愧王凝。

百代论人杰，阴阳未足凭。

澳洲二首[1]

（一）[2]

北地犹残暑，南疆却早春。

海天吹细浪，芳草软如茵。

---

1 戊戌年作。
2 自墨尔本至阿德莱德道中。

（二）¹

虬枝分土陇，野径背残晖。

盛饮蒲桃酒，醺然不欲归。

1 阿德莱德酒园。

希腊二首[1]

（一）

尧书复三代，舜典断乾坤。

惆怅行经处，萧条剩小村。

1　辛卯年作。

（二）

沧海波涛起，拍崖长有音。
遥望夕阳下，山石黑沉沉。

眼倦

眼倦休吟句，心烦懒坐禅。

欲从阮籍醉，买酒又千钱。

七夕二首

（一）

木叶秋前落，蝉声雨后新。
期年终可见，殊胜远游人。

（二）

空庭冷近晚，闲坐小炉熏。
落叶飘飞处，举头惊鹊群。

游春

游春车马簇，残醉起来迟。
却看小园内，桃花开一枝。

纽约重游戏题[1]

经纬认归路，琳琅看短裙。

当垆呼买酒，还是旧文君。

冬夜与友人游[1]

宵气凝霜月，西风满故城。

怕听昨日事，何况旧歌声。

1　时与周游等在北京。

英国湖区

牛津大学伍斯特学院

北京景山

七言上

过虞山访柳如是墓

歌台舞榭旧苔矶，荒草丛中露半晞。

春浪密缄红豆泪，绛云深锁翠荷衣。

难逢晓梦分瑶佩，剩把新醅吊落晖。

冷入西风起微雨，滩头野鸟自归飞。

夏初

也为伤春无处寻，年来心事正纷纭。

飞雷飒飒虚飘雨，断雾昏昏杳积云。

剑锁东山玉匣冷，气干北斗电光分。

新丰市上谁相识，只有胡姬共半醺。

报友人

夏日空长意阑珊，消闲无计且凭栏。

愁心待遣心徒壮，旧梦重寻梦亦难。

如有辋川招隐逸，好随彭泽挂衣冠。

洛中万事添霜鬓，谁赠溪头一钓竿。

冬日山中

几年薄宦费沉吟，辜负青山直到今。
深雪冷云常迤逦，轻裘素杖缓登临。
只凭新酒说新梦，难向故人论故心。
歧路纷纶何处是，开窗一任北风侵。

馈药[1]

馈药空劳谢未达，蒸鹅闻说赐寒家。

返魂香锁汉宫月，续命丝悬楚苑花。

冻雨连绵应有恨，荒云次第岂无涯。

长安棋局懒相问，避向山中访紫霞。

1　庚子年春作。

赠张成之法国[1]

匹马当时出蓟门，银鞍飞过月黄昏。

偶栖凤沼稍藏羽，一遇鲸波便化鲲。

游舸何时归瀚海，高楼长此望昆仑。

重逢先饮千钟酒，别后尘烟再细论。

---

1 己亥年作。

秋思

卷落黄花夜正深，荒村清寂睡犹闻。

林鸦啼破梢头月，野藓侵残槛外坟。

老去几回伤昼短，愁来一例放颜醺。

王孙空自惜芳草，不管当时负白云。

赠人[1]

煨芋炉中火尚温，弹冠按剑已纷纷。

稍棲幕府犹容我，新筑沙堤应避君。

筋力磨销懒从事，人情疏阔不同群。

西山拄笏思朝气，卧向辋川看白云。

---

1 甲午年作。

杂诗用杜工部韵[1]

长安登望动乡心，北面楼台醉又临。

万里浮云犹往日，两分残月只如今。

早梅籁籁随风散，野草纷纷向院侵。

倚遍阑干少佳思，晚凉天气自沉吟。

---

1 甲午年作。

牛津逢张梁因赠[1]

曾话鹅湖到晓鸡，重思往事意微迷。

卧听秋雨貂裘冷，北望重山雁字低。

楚也多才惜用晋，鲁虽去久岂安齐。

黄金台圮成荒草，暂与渔人钓碧溪。

---

1 辛卯年与张梁各游学于英国，偶然相会，又思前在美国哈特福德小聚种种，因作。

七夕

秋气方来白露新，且从沧海望云津。

月华铺地驰香辇，鹊羽填河渡玉轮。

鸣佩依稀天外侣，画栏高下酒边身。

人间惆怅别离久，只得闲花入梦频。

旅店卧病赠孙王诸友[1]

千里荒山疑道路，黄沙百丈到蛮疆。

临溪不见祀盘瓠，入寨犹谁曳藕裳。

瘴疟一时侵旅客，愁心竟日卧藜床。

行囊检点无书籍，枕上黄粱作戏场。

---

1 癸巳年于亚利桑那。时与孙奕、王越端、刘显骁等同游。

春来

去年画扇去年诗，楼外秋千又此时。

柳絮风吹明月影，浮萍雨打碎波池。

桃花一向开如旧，心事从头问已迟。

检点春来惆怅意，梦魂不必故人知。

秋夜怀人

枯坐何须灯烛明，酒杯渐冷向谁倾。

空留湛水残荷影，乱打寒窗落叶声。

此夜不消书咄咄，当时应悔负莺莺。

人间若得相逢日，再向江南采白蘋。

冬末杂诗

故国遥知烛影红，胡疆万里正寒冬。

雪成浪涌风初紧，云作烟横月未浓。

客里迁延空暗忆，天涯憔悴怕相逢。

一宵若得春醒暖，醉向关山十二重。

怀人戏题[1]

夷乡作客别无恨，饕口时时思故都。

羊酪何堪敌旧味，蟹螯甘愿换真珠。

徘徊竟日空搔首，惭愧平生未入厨。

当日不应轻放去，谁翻红袖再搓酥。

---

1 己丑年作于哈特福德。时在美国三一学院读书。三一学院即在美国康涅狄格州
哈特福德市。

雁迹

平生意气渐磨销，懒看斜行雁迹高。
空有大言说乐毅，岂无闲话笑山涛。
乱蓬已任荒三径，铜镜常开叹二毛。
入道逃禅都费事，春来只合买新醪。

弹铗

燕赵歌残气尚雄，徒劳何必卜穷通。

曾追日影催驰马，剩对江头认断蓬。

灭刺不惭击鼓吏，直钩谁问钓鱼翁。

朱门弹铗空贻笑，毕竟人间无薛公。

无题

细草阶前半带霜，小窗虚掩略生凉。

玉箫暂借三分月，桂叶偷传一脉香。

蓼岸但教有杜若，秋云何必到潇湘。

江头波浪分明涌，十二阑干幽梦长。

无题

一番新雨到残更，细柳新桐各有声。

恨结花心吟未便，愁追燕羽梦难成。

金猊呜咽香烟湿，红烛动摇纤影横。

数尽窗棂无意绪，唯将辗转待天明。

纪念碑谷（美国亚利桑那州）

墨尔本郊外

皖南

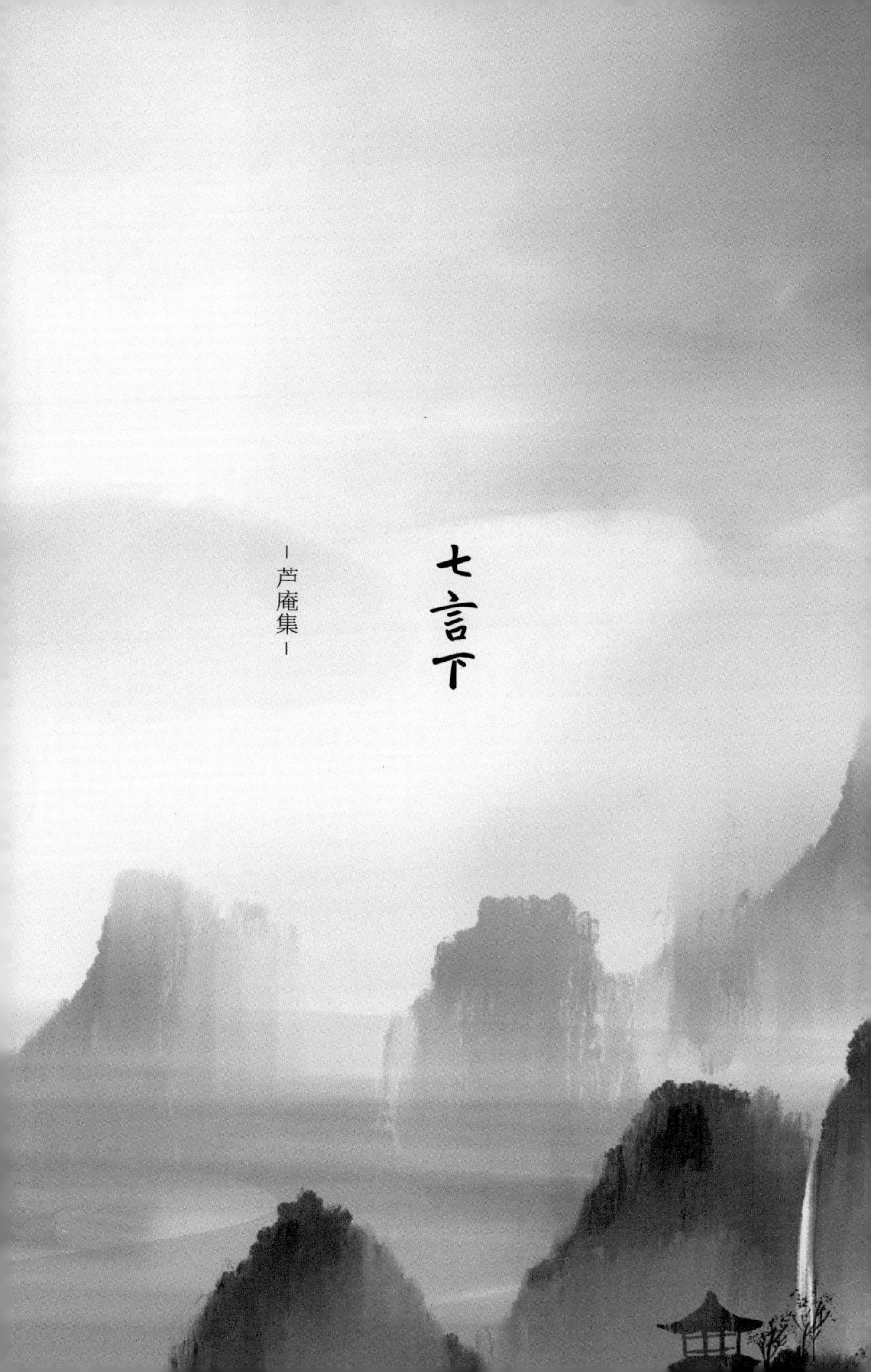

七言下

芦庵集

青城

梦雨初晴吹细烟，苔阶深处访灵泉。

青山屏障白云外，隔出人间旧洞天。

夏日

夏日无聊睡起迟，青山长对卷帘时。

石榴经雨花开好，却向何人寄一枝。

岳平兄过沪小宴因赠

客中薄宦居非易，洛下素衣尘渐生。

怅望蓬山隔巨浪，再寻除是跨长鲸。

南国[1]

南国繁花次第开，锦屏绣幛且徘徊。
东君只为青山好，耽在天涯不北来。

1 己亥年于深圳。

旧山

断纸废笺曾作堆，谢桥曳马半途回。

旧山旧水无多远，只是春心已寸灰。

重庆留别赠友人[1]

石边旧路涨新雨，江畔飞花迷落霞。

从此天涯回望处，青峰十二暮云斜。

---

1 时与周华昊等同游。

日本纪游四首[1]

（一）[2]

游客来时但煮茶，禅房不闭夕阳斜。

闲庭寂寂春风晚，墙外先开一树花。

1　庚子年作。
2　京都。时与杨维公等同游。

（二）[1]

簇带纷纷车马喧，灯花十里入僧垣。

金吾严肃千家静，不料夷洲有上元。

1　长崎。

（三）[1]

蓬岛梅花得气先，春风才过便清妍。

西头怅望故园路，总是浮云不见天。

（四）[1]

蓬莱一转到瀛洲，高卧三山未解忧。
闻道端门虚送炬，愁看白鹭与沙鸥。

1　别府。

过旧居[1]

触眼楼台曾醉遍，满街风物又成新。

欲携残酒寻归处，总是天涯失路人。

1　丁酉年作于纽约。时与刘显骁等游至布鲁克林。

夏夜

窗向桐阴蝉正噪，池生莲瓣水犹香。

闲愁仍是难抛解，遥看星河夜又长。

戏和[1]

樵采早由官榜禁，仙家不许野鸥喧。

苍梧唯有清泉冷，何不归来共此樽。

---

[1] 乙未年作。原唱有入山采樵看鸥等句。

古寺

野树密悬一线雨，寺钟清入半山云。
藓侵屐齿石梯窄，寻得残碑认篆文。

落花二首[1]

（一）

一过清明春欲尽，漫天雨里乱飞霞。

残红扫共污泥去，此地何人惜落花。

[1] 己丑年于哈特福德。

（二）

北风遍地落闲花，宛转胡尘事可嗟。
辜负东君当日意，只今寥落在天涯。

过波士顿留别诸友[1]

重到梁园事已非，江头闲坐对斜晖。

微吟何处山阳笛，道路烟尘愧素衣。

1 丁酉年作。

招饮

柳眼才开绿未匀，花心半卷草成茵。
莫辞沉醉今朝酒，春色从来不待人。

旅宿

驿树萧萧新月上，孤灯耿耿晚霜寒。

秋声夜半忽惊起，才到钱塘梦又残。

襄阳

月在清江客在楼，翻涛涌浪尽东流。
吟成梁甫空长叹，何似山公一醉休。

上海街景

重庆北碚

京都东福寺

无锡二首[1]

（一）[2]

重寻旧迹吊斯人，碧瓦朱栏涂抹新。

曾有清溪鸣昼夜，只留浅水养纤鳞。

---

1 辛丑年作。
2 游东林书院，见旧弓河废为小沼。

（二）[1]

残柳枯枝带晚霜，庭前松柏自苍苍。
诸公衣钵无传授，题字元须用鼎堂。

1 游惠山顾宪成祠，见悬五声五事联署郭沫若书。

客思五首[1]

（一）

萧索西窗叶落频，况经秋雨病沉沉。

欲催刀尺知何处，枯对残灯此夜心。

---

1 戊子年于哈特福德。

（二）

细雨窗前尽此杯，锦衾寒处起徘徊。
西风万里逐秋雁，不带长安落叶来。

（三）

又到三更雨未收，窗前风味茂陵秋。

少年梦里将来事，不料天涯一段愁。

（四）

银釭遍照绮楼前，今夜长安盛管弦。
独立秋窗无限意，一回屈指一潸然。

（五）

今夜几家清角泪，天涯何处玉箫声。

满斟一盏黄花酒，消遣长宵孤月明。

冬夜

山河寂寞人千里，风雪苍茫酒一壶。
醉里欲随明月去，夜深上马倩谁扶。

游芝加哥二首[1]

（一）

遍地高楼胜帝京，湖光万顷荡空明。

山川遥望信多致，底事乡心总未平。

1 己丑年作，时与刘晓黎等同游。

（二）

年来卧病在荒溟，偶向城中听市声。
便为胡姬颜色好，也应一醉到长庚。

座中

座中谁记当年事，醉里唯听此夜心。
欲向天涯寻故剑，延平烟水两沉沉。

江都

三月江都一梦中，玉人才调太玲珑。

从今免向隋堤去，惹起愁心是晚风。

辞纽约献旧座主[1]

论刑理剧用常心，惠爱生民有颂音。

莲幕一时充下吏，几番回首望棠阴。

---

1 丙申年作。时在纽约南区联邦法院法官处为助理，别时因献。

赠友人

楚地至今思宋玉，汉家迟早起袁安。

醉时长啸惊邻座，应得步兵青眼看。

与人书不答戏题

烛冷衾寒听漏催，无聊坐起空徘徊。

归鸿误入桃源境，贪看闲花便不来。

戏题[1]

传经已自输南海，赴难犹应愧复生。

一世放言随世变，老来检点竟何成。

---

1 过饮冰室。

即事示陈宫梅园诸友[1]

昨日乞来陶令酒，明朝再访葛洪丹。
何劳避入山林去，雁过云飞心自安。

---

1 己丑年于哈特福德。

新年

一自新年常病酒，懒听闲话漫纷纭。

兴来便卷琴书去，约与山僧采野芹。

月夜

拾翠赌书空记取，孤灯相对已蹉跎。
清光一夜凉如水，落尽藤花病紫萝。

拟宫怨二首

（一）

燃尽熏炉瘦骨寒，西风忽到锦屏间。

深宫长日都闲却，偶把青螺画小山。

（二）

年少闲愁未是哀，长门深锁月低徊。
蛾眉犹画去年样，歌舞声遥御苑来。

空衙

幸得开窗向树阴，倚墙时听鸟轻吟。

空衙终日常无事，且看闲书自养心。

日本直岛李禹焕美术馆

纳瓦霍人岩居遗址（美国亚利桑那州）

直島

纽约中央公园

冬末[1]

懒诵当时宝剑篇，只贪长醉好成眠。

人间多少关心事，袖手凭阑又一年。

---

1 庚子年作。

旅中

烟林泛叶满汀洲，半落芦花近晚秋。
野店萧疏残照里，窗前数尽欲归舟。

赠人

吹散西风昨夜云，瑶台听说管弦新。
彩笺欲寄谢家阁，鸿雁犹知旧渡津。

读鱼玄机诗

独向瑶台剪碧莲，杏裳罗带伴花眠。

七年求道咸宜观，修得巫山作女仙。

四月

桃花落尽恨无穷，已是荼蘼四月中。
待把残春寻访处，杜鹃声里暮天红。

野宿

独坐庭前古树阴，蛩声淡淡似微吟。

一宵月色闲中好，悔我来时未带琴。

病中

也无良药医新病，只向闲书搜古方。

昏热一时频坐起，梦中人事太仓皇。

即席

文君皓腕常沽酒，红拂青眸惯识人。

何必更从元九去，须知薄幸最如真。

旧友招宴不赴

轻狂久已惭当日，疏懒从来愧此身。

为有小园花待扫，且容霜鬓避柴门。

僧院

石鼎檀烟静柏庭，池塘曲水碧泠泠。

老僧竖起金刚杖，只许坐禅休辩经。

留别

偶然看月偶谈空，沉醉花前偶又同。

聚散常如一梦里，从今萍水各西东。

空随

空随明月坐长夜，难向春风说此心。
多少新诗去年恨，只今唯向梦中吟。

偶将

偶将蝶梦偿青眼，便展蕉心向赤松。
瑞脑香残人半觉，轻云已散五更钟。

彩凤

彩凤当时赤玉箫,翔云一去梦迢遥。

卷帘独坐黄昏过,闲挑灯花正寂寥。

门前

门前遥看雪才消，江外听闻又涨潮。
阮肇重来应有日，夜阑偷自剪红绡。

惊破

惊破秋寒山鸟飞，玉笛和泪入帘帷。

写成心字无由寄，剩把相思拚一回。

青城山

青城山宿

楼外

楼外空闻春渐深，重帘四面总沉沉。
东风何日开朱户，吹取飞花一片心。

江南

谢娘才调谁堪匹，苏小心情我亦知。
细柳新芽闲梦里，江南又到燕来时。

彩笺

彩笺焚尽是黄昏，好把相思散作尘。
零落桃花犹有泪，为伊拼尽一生春。

记取

记取琴声和梦尽，传来锦字背人看。

不妨残夜常添酒，毕竟高楼到晓寒。

原知

原知往日负恩多，一任飞花几度过。

各在他乡各看月，故人今夜复如何。

曾在

曾在天涯共马鞭，也看春色入丘园。
纵横议论乾坤外，只有深心未可言。

新梦

柳枝点破水粼粼，江上同谁又采蘋。

便趁一樽春酒暖，欲将新梦诉闲人。

黄昏

已向花前听细雨，何堪酒里送黄昏。

愁来仍是无消遣，一夜春心倦倚门。

渐老

谁记轻舟过五湖，也曾走马问当垆。

情怀渐老渐如水，不管瓶花已渐枯。

春前

金貂分付酒家胡，心事唯堪寄玉壶。

已向春前憔悴尽，故人音信不如无。

雾里

诗心琴调两成拙，旧恨才消病转多。
雾里山川失道路，愁听野鸟数声过。

空言

空言已乱当时意，反侧何当此夜愁。

为看海棠开未尽，野云长向碧山留。

慵睡

梦里情思一任之，新来憔悴总难持。
天明睡起慵梳洗，重揽香衾过午时。

半夜

高楼偶听一时雨，青琐谁烧半夜香。
欲到蓬山频问路，烟云缥缈楚天长。

冷影

冷影飘烟月乱横，小楼独坐断鸿声。
夜来重检旧针线，经纬纷纷续不成。

弦断

半是无心半是秋，琴弦又断最高楼。
王孙已在千山外，唯我时时忆旧游。

別府

美国三一学院

无凭

谢娘惆怅唯堪醉，小玉闲情谁作冰。
芍药栏前春尚在，一宵云梦又无凭。

不成

不成尺素不成诗，半夜心情空自持。

应笑十年尘土面，清狂犹似少年时。

独归

玉钩暗递谁曾见，更鼓相催漏渐移。
夜半秋风黄叶地，小楼深巷独归迟。

倚栏

曾因秋草添新病，全赖青山慰断肠。

还得韶华能几日，倚栏何事只相望。

江村

水涨池塘新笋瘦，清明时节杏花寒。
故人踪迹无由问，醉卧高楼夜又阑。

无题

午睡觉来寻梦难，池塘吹起碧波澜。
双飞燕子斜阳里，一种西风各自寒。

无题

凉夜披衣独去来，登高偶上旧亭台。

天涯似有春风过，只是梅花总未开。

无题

空把虚言托往事，殷勤何必问当时。

新来惆怅无分解，拨断朱弦总不知。

无题

醉向尊前问几更，好凭浊酒度平生。
偶逢年少能高咏，却似当时意气横。

无题

一夜新凋木叶凉，披衣欲起转彷徨。

漫随游客登高处，山外无非旧夕阳。

美国哈佛大学

无锡东林书院遗址

诗余

苏幕遮二首

（一）

燕归时，留不住。遍落梨花，梦里江南路。
独坐披衣吟旧句，倾尽琼壶，一夜西窗雨。

欲寻春，春已暮。芳草流莺，岂料终轻负。
检点闲愁千万缕，锦字织成，此意从谁诉。

（二）

玉壶空，香篆半。帘卷轻尘，惆怅双归燕。
独倚高楼君不见。处处杨花，飞遍溪山乱。

角声残，孤雁远。落日亭台，总是心情懒。
一夜春寒幽梦短。竹笛闲吹，窗外清光转。

南浦

谁挑旧琴声，只不应，再把故人相记。

凝望远山长，高楼上，慵慵玉阑斜倚。

当时暗许，奈何相见都无计。

红杏而今飞又尽，落入别家墙里。

还思往日闲情，泛轻舟，直到云开雨霁。

待避过游骢，微波荡，莲子湛青如水。

桃花扇底，鬓丝几缕缠绵细。

欲写天涯多寂寞，唯有客愁堪寄。

临江仙[1]

若得一宵新梦，管他几度流年。

碧云杯里酒中天。

奈何人欲醉，到底月难圆。

醒后再调弦管，记犹共蹴秋千。

少年心事总如烟。

被风忽分散，经水又缠绵。

---

1 丙戌年作。下五首同。时与高越等排演某剧，作剧中歌词。

菩萨蛮

天涯芳草连春水，西风吹乱轻云碎。

重画旧蛾眉，玉人含泪辞。

寒蝉啼不住，歇了梧桐雨。

独对一灯深，谁怜此夜心。

满庭芳

天气犹凉，新桐才绿，半天云雨迷蒙。

袅枝应记，曾舞旧东风。

便到分携时候，无言处，望断飞鸿。

从当日，玉楼朱户，魂梦几回同。

匆匆，春渐去。啼完杜宇，落尽残红。

且托付闲情，箫管声中。

不为流年暗换，惆怅是、旧恨成空。

谁禁得，槐庭窗下，正淡月溶溶。

竹枝二首

（一）

水面波平云不飞，竹帘半卷有人窥。

去来船尾剥莲子，偷眼江边觑是谁。

（二）

含羞最是见君时，几次低头弄柳枝。

闲唱莲歌皆有意，檀郎休道不相知。

解佩令

飞花弄影，落花盈手，立轻寒、宫墙斜柳。
心事无端，睡未稳、楚腰空瘦。
愁肠冷，何堪病酒。

来人佯醉，背人弹泪，恨当时、枉自回首。
十二阑干，只幽怨、朝朝相守。
又凭谁、问他知否。

蝶恋花

白发已生双鬓底。小字花笺，谁解当年意。
旧梦未消新梦起，悠悠一夜心难已。

何处故园三万里。绿蚁红泥，饶我须臾醉。
乡里纷纷看蹴戏，高声直透重门闭。

玉楼春二首

（一）

西楼欲上望南浦，却恐天寒秋欲暮。

当年曾共旧衣宽，相看不知雪满路。

韶光肯为愁凝伫，花落早随流水去。

纵将玉盏醉今宵，梦里更无携手处。

（二）

当时走马长安道，清夜送君霜月晓。

天涯一去万重山，只说春来归客棹。

年年春恨连春草，音信自从别后杳。

但从残梦认余欢，闲照菱花人已老。

金缕曲

梦里人如旧。记当时，偷传锦字、暗分红豆。

走马随他双飞燕，看遍新梅细柳，犹道是，等闲春昼。

南浦青云忽万里，却如何、轻放征衫袖。

曾不解，光阴骤。

霜天雁塞飘零久。懒再说，花愁草怨、月寒风瘦。

只叹诗书都抛尽，老去总无成就，剩寥落，苍颜白首。

隔院胡姬弦管促，并喧声、直到三更后。

思往事，自斟酒。

后　记

　　本书主要收录三十岁以前旧体诗词作品，近作没有系统收集，偶有集入。

　　自十四五岁学诗，至今也有些年头，积诗自然不止书中所录。赠答之作不少已经失落。其余旧作在收集中也有些去取。但想到本非诗人，本职工作又日渐繁忙，现在所作也少字斟句酌的时间，恐怕诗艺长进也有限，全本原是只可自娱，去取也就没有特别严格。即使声韵未稳、诗律不细、文笔稚拙的，也留存了不少。蒙杨维公兄在前序中指出此病，实在惭愧。但收录结集，主要是出于对过去的纪念。立此存照，算是少年风味，也就不再修改了。

　　由于生活单调，素材本就不丰富，题材意象也因此有限。书中所收，大半是旅行纪游、读书随笔、感怀身世等作。其中自伤自悼诸篇，现在读来或者有为赋新词之讥。编辑时也不免一笑，觉得世事原本如此，一时顺逆得失，何必感慨太过。况且日后得失更多，实在感慨不完。然而回想起来，至少写作时感情是真实的，似也不须特别隐去，读者如觉得无聊，也大可一笑置之吧。另有感伤言情的若干篇什，虽然删去了不少，但也还剩下许多。或以为是香草美人有所寓意的，或以为是代女子言拟作闺音的。其实刻舟求剑，自无必要。读者也可只当闲话，一哂而已。

　　虽然读者或许一笑一哂，自己重读旧作，却不免又勾起一点惆怅。过去十几年来，所经人事、心绪起伏，大抵记录诗中。逐篇读去，当时所见的五洲四海的种种景色，仿佛又重到了一回；或明或暗所题咏的人事，仿佛又重经了一次；而当时的壮怀激烈、幽微心绪，也仿佛又一一重历了一遍。

其实山川景致、异域风情，看多了也就不过寻常。大概只是能够逃离日常生活，又没有逃得太远，还能回来，这种若即若离的状态有些趣味。想起当时安排行程时跃跃欲试的心情，再想到一路寻访登临中克服的许多艰难险阻，都还觉得有些怀念，一时又激起不少游兴。可惜受疫情的若干限制的影响，恐怕许久都再难成行，也有些遗憾。

所记之人，多已难寻，所记之事，都成陈迹。旧日所学屠龙末技，到底没有用处。少年意气，也消磨渐尽。近岁以来，无非是闲茶淡酒，清平度日。所剩的愿望，大概就是买园栽花、凿池看月，也就极好了。那时如果再有诗作，大抵多是些田园杂兴吧。

集名芦庵，是因向来喜爱芦花，多有收集相关书画，张悬在上海租处四壁，所以用此命为堂号。近日又得调令，将赴香港工作数年。又由于种种法律规定的限制，不能将所藏书画尽携出境。芦庵之号，大概就限于今年了。以此为题，正好结束一段旧生涯。

是为记。

刘昶

2022 年 1 月 25 日

墨尔本郊外沙滩

襄阳隆中

阿尔忒弥斯神庙遗址在(今土耳其)

以弗所遗迹 (在今土耳其)

图书在版编目（CIP）数据

芦庵集 / 刘昶著. -- 北京：中国广播影视出版社，
2023.7
ISBN 978-7-5043-8981-7

Ⅰ.①芦… Ⅱ.①刘… Ⅲ.①诗集—中国—当代
Ⅳ.①I227

中国国家版本馆CIP数据核字(2023)第017518号

芦庵集

刘昶　著

责任编辑	吴茜茜　何佳虹	
装帧设计	马　佳	
责任校对	张　哲	

出版发行	中国广播影视出版社	
电　话	010-86093580　010-86093583	
社　址	北京市西城区真武庙二条9号	
邮　编	100045	
网　址	www.crtp.com.cn	
微　博	http://weibo.com/crtp	
电子信箱	crtp8@sina.com	

经　销	全国各地新华书店	
印　刷	三河市龙大印装有限公司	

开　本	880毫米×1230毫米　1/32	
字　数	165(千)字	
印　张	6	
彩　插	26面	
版　次	2023年7月第1版 2023年7月第1次印刷	

书　号	ISBN 978-7-5043-8981-7	
定　价	69.80元	